谨以此书献给我的巴厘岛音乐家马修。

——玛丽·布里尼奥内

献给我家的宝贝和所有生活在巴厘岛
的动物。

——艾洛蒂·努恩

我是在一次巴厘岛的旅行中听到这个传说
的，回到法国之后我立即改编了它。这个传说展
示了自然循环和生命之间的关联，能够帮助孩子
从小对人与自然和谐相处的生态观念有所认知。

LA COMPLAINTE DE GECKO
By Marie Brignone (Texte) and Élodie Nouhen (Illustrations)
© Didier Jeunesse, Paris, 2017 Simplified Chinese translation copyright
© 2018 by Xi'an World Publishing Corp., Ltd.
All Rights Reserved.

图书在版编目（CIP）数据

今晚蜥蜴睡不着 / （法）艾洛蒂·努恩绘；（法）
玛丽·布里尼奥内著；王文静译. 一 西安：世界图
书出版西安有限公司，2018.10（2024.6重印）
ISBN 978-7-5192-4612-9

Ⅰ. ①今…　Ⅱ. ①艾…②玛…③王…　Ⅲ. ①儿
童故事—图画故事—法国—现代　Ⅳ. ①I565.85

中国版本图书馆CID数据核字(2018)第118449号

书　名	今晚蜥蜴睡不着
著　者	[法]玛丽·布里尼奥内
绘　者	[法]艾洛蒂·努恩
译　者	王文静
策　划	赵亚强
责任编辑	王冰 李钰
项目编辑	徐婷 刘晓英
版权联系	刘晓英

美术编辑	吴彤
出版发行	世界图书出版西安有限公司
地　址	西安市雁塔区曲江新区汇新路355号
邮　编	710061
电　话	029-87233647（市场营销部）
	029-87234767（总编室）
网　址	http://www.wpcxa.com
邮　箱	xast@wpcxa.com
经　销	新华书店
印　刷	鹤山雅图仕印刷有限公司
成品尺寸	235mm×250mm　1/12
印　张	3
字　数	20千字
版　次	2018年10月第1版
印　次	2024年6月第7次印刷
版权登记	25-2018-030
国际书号	ISBN 978-7-5192-4612-9
定　价	45.00元

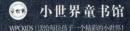

小世界童书馆

WPCKIDS | 送给每位孩子一个精彩的小世界!

小世界精选世界优秀畅销绘本

导读手册

入选2021年教育部幼儿图画书推荐书目

今晚蜥蜴睡不着

来自巴厘岛的传说

中国出版集团有限公司

世界图书出版公司

《今晚蜥蜴睡不着》
定价：45.00元

作者介绍

文字作者

玛丽·布里尼奥内，法国作家、语言治疗师、歌手。她擅长听力障碍儿童的早期教育，并积极参与法德双语教育（在阿尔萨斯）的发展，组织了有关童谣和游戏的跨文化会议。她的故事语言朗朗上口，节奏富有韵律感，适合大声朗读。

图画作者

艾洛蒂·努恩，法国知名插画师。她从法国著名的高等室内建筑及广告设计艺术学院毕业之后，却选择了新的领域进行创作。她在蒙特利尔设立了个人工作室，专注于创作童书等。她善于在作品中将各种创作技巧进行糅合，风格细腻丰富。她的图画丰富多彩充满诗意，总能带我们回归初心，回到童年的世界。

绘本解读

歪歪头，换个视角看问题

阅读推广人、职业书评人◎文小妖

夜深人静，在风景如画的巴厘岛上，有一只名叫吱吱咯的蜥蜴在捕食了一整天蚊子和蜘蛛后，非常疲惫很想睡觉，却被吵得睡不着！

真烦！都怪萤火虫"咔嗒咔嗒"地乱闪乱飞。

真烦！都怪啄木鸟"笃笃笃"地啄树干。

真烦！都怪屎壳郎"骨碌骨碌"地滚粪球。

真烦！都怪水牛"啪啦啪啦"地乱拉屁屁。

真烦！都怪雨水"噼里啪啦"地下个不停。

蜥蜴请来了狮子做调解者。

"这确实是个事儿！"狮子说。

随后，狮子却发现了这背后隐藏着的一系列"秘密"……

《今晚蜥蜴睡不着》讲述了一个耐人寻味的故事。这个故事是法国作家玛丽·布里尼奥内在一次巴厘岛之行时，偶然听到的一个当地传说。回国后，她重新审视了这个来自美丽的巴厘岛的传说，并且加入自己的理解和思考，将这个传统的故事与当今的世界紧密联系起来，完美融合，呈现了一个既寄寓生态观哲思，又值得深度探索、充满童趣的故事。

玛丽·布里尼奥内对整个故事的结构进行了精心的安排，环环相扣，重复中变化不断，运用反差造就了出人意料的戏剧性效果，大大地增强了阅读的乐趣。

开篇，故事先声夺人，将蜥蜴与萤火虫的矛盾抛了出来，成功地吸引了读者的视线，引起了读者情感上的共鸣。"咔嗒咔嗒"——萤火虫振翅乱飞乱闪的轻微震动声六连抛（拟声词出现六次），使我们有种身临其境之感，能感受到疲惫的蜥蜴想睡觉，却被萤火虫的捣乱闹得无法入睡时的愤怒和烦躁，也使我们对蜥蜴报以极大的同情。

然而，随着情节一步步地推进，使得这坏情绪被一点点消融，随之，一种温暖而又感人的情绪取代了这愤怒。从抱怨之声到怀揣感恩之心，前后的强烈对比，让读者的情感偏向发生了翻天覆地的变化，也促使每个人不得不思考这变化所带来的一些启示和认知。

由蜥蜴的睡不着揭开了一连串"秘密"，扰人清梦的背后，却是一场误会。也让所有动物们透过事件的表象看清一个事实：在同一片土地上，我们彼此依赖的同时，也需要站在一起尝试理解我们周围的世界。

动物们各司其职，却又相互依赖，既是独立的，又是共存的。蜥蜴与萤火虫等动物之间发生的矛盾，如同在日常生活中，孩子之间经常发生的小摩擦。当他们面临这些摩擦和矛盾时，是选择抱怨，恶语相向，将矛盾激化；还是选择沟通交流，换位思考，相互理解？图画书中，狮子给出了最好的答案，它在调解动物之间的矛盾时，找到了矛盾的根源，并让动物们明白，通过表面现象而急于给出判断是有失偏颇的。所以，一定要学会沟通和交流，多站在对方的角度考虑和看待问题。

值得注意的是，图画书的最后跨页，作家和插画师似乎有意跟读者们开了一个玩笑，插画页面的倒装，需要读者歪歪头，或者将图画书换一个方向去阅读。作家和插画师的有意为之不仅传达了学会换角度、换方式看待各种问题的观点，也向所有读者传递出一种正确的自然生态观：生命彼此相关，才会生生不息。

我们需要引导孩子们，让他们明白，地球是所有生命赖以生存的基础，每个生命与地球，与其他生命彼此关联，相互依存，共生共荣，它们之间形成了一条巨大的生存链。而生态平衡是这条生存链的基本运行规则，只有良性循环，才能使自然界里的所有生命绵延不绝，生生不息。同时，书中也进一步地向孩子们传递了一种环保理念：当人类向大自然索取时，应怀揣感恩之心，不过度索取。因为人类也是大自然的一员，爱护自然，也是长远地爱护人类自己。

"日本图画书之父"松居直一直强调绘本的可读性，他曾说过："倾听他人朗读图画书就是一个很难得的全身心感受语言魅力的机会。"换句话说，图画书中的文字就是为朗读而服务的，可看可读且可倾听。本书的文字作者玛丽·布里尼奥内，非常重视文本的节奏、韵律，以及贴合每种动物特点的拟声词的使用。经过她多番锤炼的文字让静态的图画书充满了动感，让人耳边仿佛真的能听到各种动物发出响动声的同时，也使图画书朗读起来畅达，朗朗上口。孩子们在听故事的间隙，很快就能掌握并模仿出各种拟声词的发音。

从某种心理学角度来讲，儿童很喜欢贴近自己年龄段的插画，因为这拉近了他们与作品之间的距离，让他们产生——我也能画出来的自信感。专注于创作童书的法国插画家艾洛蒂·努恩深谙孩子们的心理，在这本图画书的创作中，有意从画风上贴近儿童画的风格。因此，她的画作看起来似乎有些稚拙，甚至有几幅插画就像出自于六七岁的孩童之手。然而，这些画作的稚拙表现，其实正是插画家匠心独具的可贵。

艾洛蒂·努恩对狮子形象的塑造尤其用心，一方面，她颠覆了以往狮子威严凶猛的形象，把这头可爱的狮子打造成一个温暖、贴心的"邻家小哥哥"，目光中透着温柔，亲切值得信任；另一方面，温和的狮子形象也正好符合了整个故事中调解者和沟通者的身份。

最后，让所有读者"歪歪头"来阅读的跨页里，动物们聚在一起，围成一圈和平相处的画面不由地让人会心一笑。这不仅预示着动物之间已达成和解，相互理解的同时，也折射出了生命的真谛：世界的美好和生命的延续是所有人共同努力的结果。

最后，让我们一起把头歪一歪、仰一仰，从各个角度看一看，来理解周围的世界吧。

今晚 蜥蜴

睡不着

来自巴厘岛的传说

[法]玛丽·布里尼奥内/著

[法]艾洛蒂·努恩/绘

王文静/译

中国出版集团有限公司

世界图书出版公司

西安　北京　上海　广州

在离这里很远很远的巴厘岛上，有一棵巨大的榕树，
榕树上住着一只色彩斑斓的蜥蜴，
它的名字叫吱吱咯。

吱吱咯一整天都在捕食蚊子和蜘蛛。
这天晚上，夜深人静，
吱吱咯想睡觉，却怎么都睡不着。

卡嗒卡嗒！
　　卡嗒卡嗒！
　　　　卡嗒卡嗒！

萤火虫一闪一闪，没头没脑地到处飞。
　　吱吱咯！吱吱咯！吱吱咯！

吱吱咯叫了起来："你能不能消停一会儿，
　　别老是这么闪，晃得我都睡不着觉了！
　　真让人心烦！"

可是萤火虫闪得更起劲了。

　　　　　　　　卡嗒卡嗒！
　　　　　　　　　　卡嗒卡嗒！
　　　　　　　　　　　　卡嗒卡嗒！

　　　　　　"真是拿你没办法，我要去告诉狮子。"
　　　　　　吱吱咯生气地说。

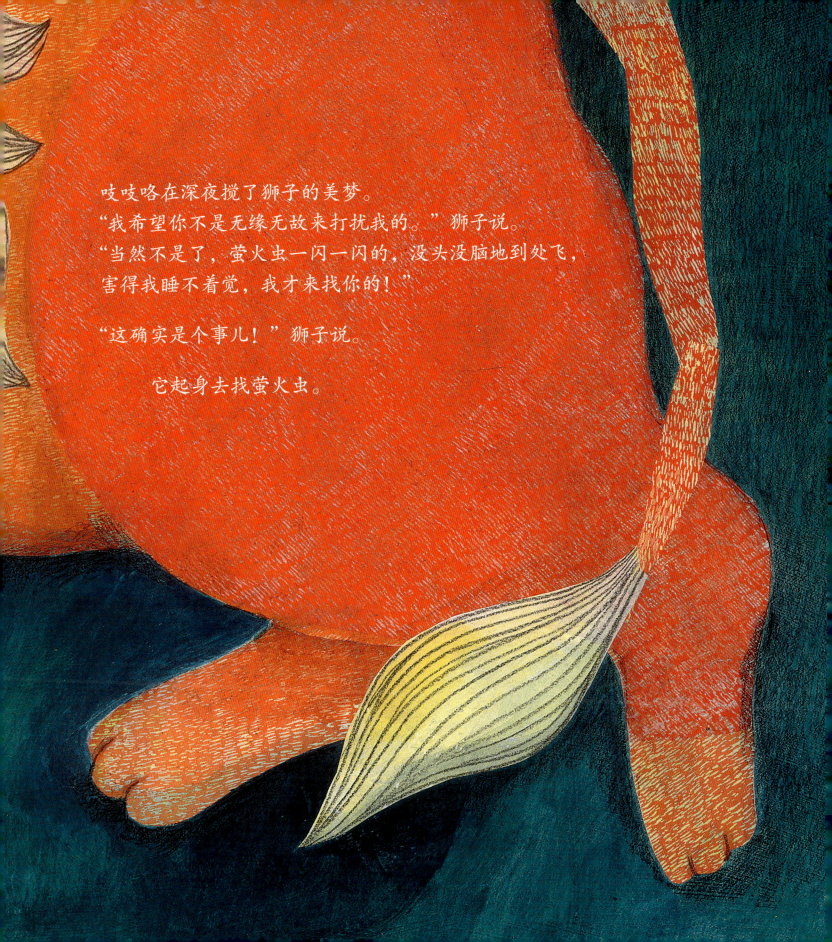

吱吱咯在深夜搅了狮子的美梦。
"我希望你不是无缘无故来打扰我的。"狮子说。
"当然不是了，萤火虫一闪一闪的，没头没脑地到处飞，
害得我睡不着觉，我才来找你的！"

"这确实是个事儿！"狮子说。

它起身去找萤火虫。

咔嗒咔嗒！
　　咔嗒咔嗒！
　　　咔嗒咔嗒！

狮子咆哮道："吵死啦！吵死啦！
　　还让不让人睡觉了！
　　萤火虫，你为什么这样不停地闪？"
萤火虫解释道："那是因为——
　　啄木鸟在不停地啄树干，
　　它可能想告诉我们这里有危险，
　　我为了配合它才一闪一闪的……"

"这确实是个事儿！"狮子说。

它起身去找啄木鸟。

笃笃笃！
笃笃笃！
笃笃笃！

狮子咆哮道："吵死啦！吵死啦！
　　还让不让人睡觉了！
　　啄木鸟，你为什么这样不停地啄树干？"
啄木鸟解释道："那是因为——
　　屎壳郎在滚粪球，又脏又臭，
　　我是在提醒大家不要从这里经过！"

"这确实是个事儿！"狮子说。

它起身去找屎壳郎。

屎壳郎正忙着在路边滚粪球。

骨碌骨碌！骨碌骨碌！骨碌骨碌！

狮子咆哮道："吵死啦！吵死啦！
还让不让人睡觉了！
屎壳郎，你为什么大半夜滚粪球？"
屎壳郎解释道："那是因为——
水牛在路上拉了好多好多臭屁屁！
我得把它们清除掉啊。"

"这确实是个事儿！"狮子说。

它起身去找水牛。

水牛也忙着呢……

啪啦啪啦！啪啦啪啦！啪啦啪啦！

狮子捂住了鼻子，咆哮道："吵死啦！吵死啦！
　　还让不让人睡觉了！
　　水牛，你为什么在路上拉这么多臭尼尼？"
水牛回答道："那是因为——
　　天在下雨，雨水把路面浇得坑坑洼洼，
　　我用尼尼把这些坑填平了之后，就不会有人摔跤了！"

"这确实是个事儿！"狮子说。

它起身去找雨水。

狮子朝巴杜尔火山走去，
这座高山上常年雨水不断。

黑压压的乌云袭来，
雨水倾盆而至。

噼里啪啦！
　噼里啪啦！
　　噼里啪啦！

狮子咆哮道："吵死啦！吵死啦！
还让不让人睡觉了！
雨水，你为什么下得那么大？把路面浇得坑坑洼洼！

就是因为你，水牛才在路上拉那么多臭屁屁，
啪啦啪啦！啪啦啪啦！啪啦啪啦！

屎壳郎才大半夜在路边滚粪球，
骨碌骨碌！骨碌骨碌！骨碌骨碌！

啄木鸟才不停地啄树干，
笃笃笃！笃笃笃！笃笃笃！

萤火虫才一闪一闪地到处飞，
咔嗒咔嗒！咔嗒咔嗒！咔嗒咔嗒！

蜥蜴才睡不着，一个劲儿地抱怨，
吱吱咯！吱吱咯！吱吱咯！"

雨水回答道："蜥蜴居然抱怨？

我要是不下了，它可得饿肚子！

有了我才有坑，有了坑才有积水，有了积水才有蚊子和蜘蛛……"

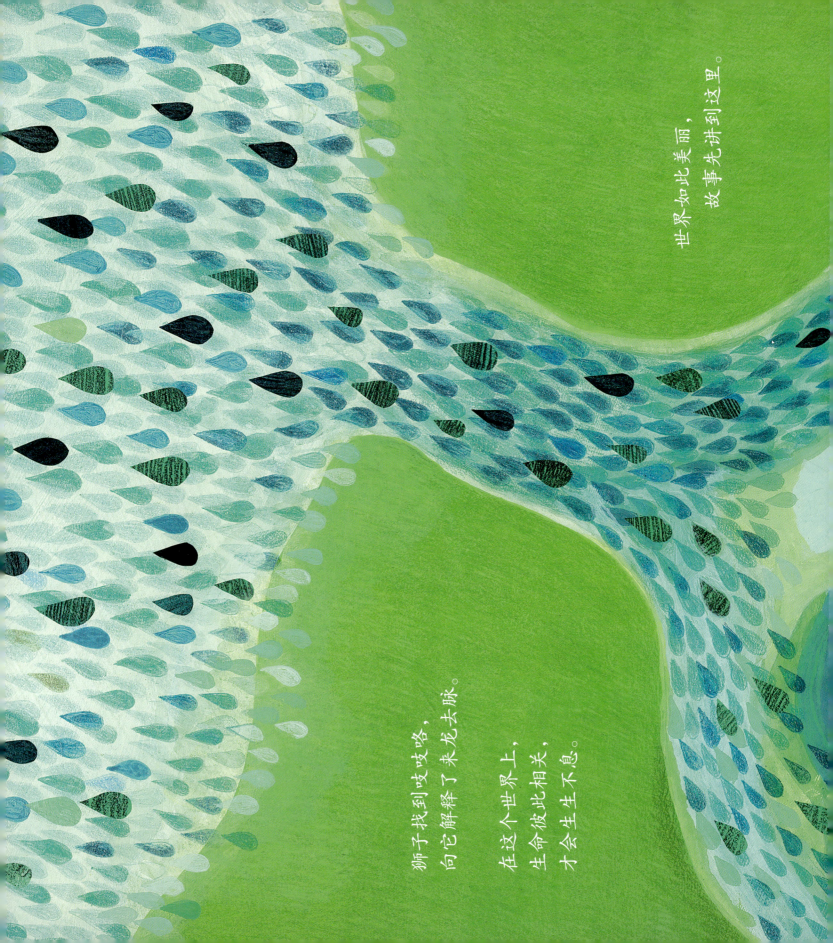

世界如此美丽，
故事先讲到这里。

狮子找到吱吱咯，
向它解释了来龙去脉。

在这个世界上，
生命彼此相关，
才会生生不息。